LA REINE DES CHATS

Du même auteur au Rouergue :

Chasseur d'orages - 2009, doAdo.
Un koala dans la tête - 2009, dacOdac.
La cérémonie d'hiver - 2010, doAdo Noir.

Une première version de ce roman est parue dans les "P'tites Sorcières" en 2008, sous le titre *Mina et Nina*.

Graphisme & mise en couleur de la couverture : Frank Secka.

© ROUERGUE 2010
Parc Saint-Joseph - BP 3522 1035 - Rodez CEDEX 9
tél. 05 65 77 73 70 - fax 05 65 77 73 71
info@lerouergue.com - www.lerouergue.com

Élise Fontenaille
LA REINE DES CHATS

illustrations de Céline Le Gouail

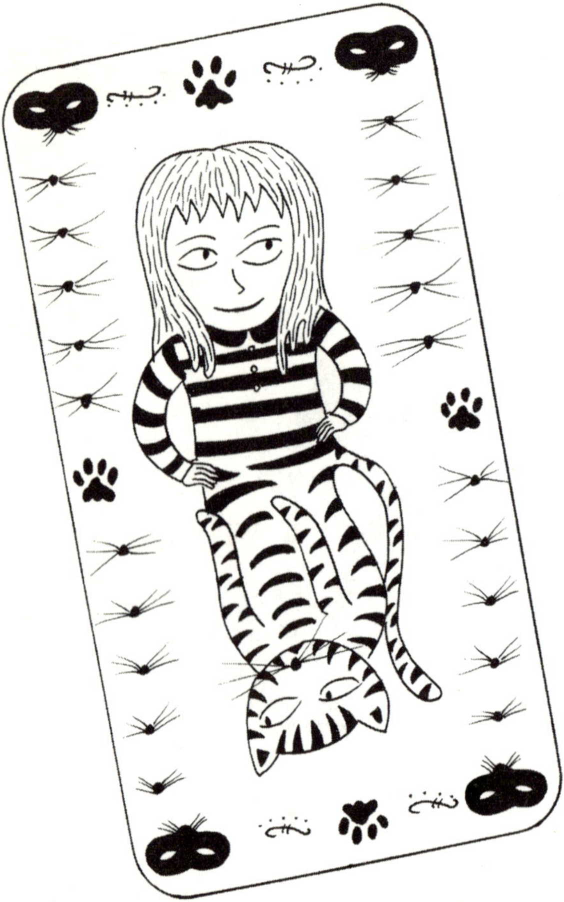

1. Mina et moi

Bonjour, je m'appelle Nina, et elle, c'est Mina. Ou l'inverse ! Parfois, de nous deux, je ne sais plus qui est la fille, et qui est le chat, tellement on est proches, Mina et moi.

– Maoooo... Dis bonjour, Mina !

Oui, je parle chat, et vous ? Pas si facile !

C'est Mina qui m'a appris : je connais au moins douze sortes de miaulements, pour exprimer la colère, la peur, la faim,

le plaisir, l'inquiétude…
Et des ronronnements,
j'en sais trois : quand
je me cache, tout le
monde croit que c'est
un vrai chat !

Heureusement qu'elle
est là, Mina… Je viens
d'arriver à Nantes,
dans cette ville où je
ne connais personne.
Moche, grise, sale, où
il pleut tout le temps,
même l'été, même
pas une vraie pluie,

franche, qui fait un joli
bruit : non, une bruine
humide, ici on
appelle ça
le crachin,
je déteste !

Et l'hiver, à ce qu'il paraît, il ne neige jamais, pas un flocon, alors qu'à Nancy, d'où je viens, chaque hiver il y avait de la neige plein mon jardin. Un matin je me réveillais, je me mettais au balcon, tout était blanc : les arbres, les branches, les murets, c'est fini tout ça…

Ici, on vit en appartement ; plus de jardin, ma fenêtre donne sur un mur gris, presque noir, rien que d'y jeter un coup d'œil ça me flanque le cafard, je n'ouvre même plus les rideaux. Mina, au début, elle était perdue : plus de jardin, plus de muret où se percher, plus d'arbres où grimper, pas même une petite branche à se mettre sous les griffes !

Elle est plus courageuse que moi, elle s'y est faite ; elle somnole toute la journée sur le coussin de soie brodée tout déchiré que j'ai réussi à sauver. Ma mère voulait le jeter :

— Profitons du déménagement pour nous débarrasser de toutes ces vieilleries !

Rien à faire, je n'ai pas cédé : déjà qu'elle allait se sentir perdue, Mina, sans son jardin, alors sans son coussin, n'en parlons pas !

Sur la soie
noire, il y a
des oiseaux
chinois de toutes
les couleurs,
les ailes déployées.

On dirait que c'est une fée qui a fait
ça, rien que pour mon chat. Je l'ai trouvé
dans une poubelle, figurez-vous, un peu
comme Mina !

Non, je plaisante, elle, je l'ai trouvée
dans mon jardin, un été, tout bébé.
C'est sa mère, une chatte errante, qui
l'avait déposée là, rien que pour moi,
pour me consoler d'avoir eu un petit frère
braillard, moi qui étais fille unique
jusqu'à huit ans.

On ne peut pas dire qu'il m'ait fait très plaisir, ce nouvel arrivant. Du jour au lendemain, personne ne s'est plus intéressé à moi, il n'y en avait que pour Alexandre. En plus, à peine arrivé de la maternité, on lui a donné ma chambre, à ce têtard hurleur ! Celle qui donnait sur le jardin. Un crime !
– On n'a pas le choix, sinon on ne l'entendra pas crier. Ça ne t'ennuie pas ? il m'a dit, papa.

Et moi je me suis retrouvée dans la chambre du fond, toute seule avec Mina.

Après tout, j'étais tranquille, au moins là je ne l'entendais pas. Ce que ça peut faire comme boucan, un bébé ! Et encore, je ne me plains pas, je n'en ai qu'un, imaginez ceux qui en ont deux, trois, quatre ! Quel cauchemar !

Un malheur n'arrive jamais seul : un an après, on a déménagé.

Heureusement que tu es là, Mina ! Qu'est-ce que je deviendrais, sans toi, toute seule dans cette ville inconnue où je ne connais personne…

L'autre jour, on est passé en voiture devant le collège, là où je dois faire ma sixième, dans deux semaines : de grands murs sombres et des grilles noires, sans un seul arbre.

Franchement, il y a des jours où j'aimerais mieux être un chat.

On échange, Mina ? Toi, tu vas au collège et moi, je dors sur ton coussin toute la journée. Ça te va ?

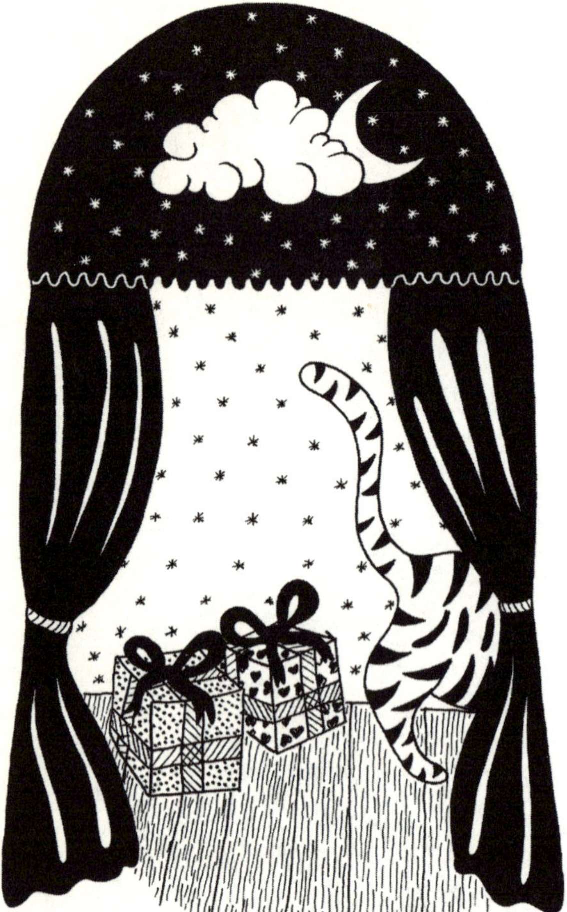

2. Les bébés de Mina

Cette nuit, coup de théâtre : Mina a accouché !

Jusqu'à ce que je voie ses bébés, je ne m'en suis même pas doutée ! Je ne m'étais pas aperçue qu'elle était enceinte. Elle s'était bien arrondie depuis notre arrivée, mais je croyais que c'était à cause de la vie en appartement : plus de jardin, plus d'exercice… Quelle cachottière, Mina !

Elle a fait
ses bébés toute seule
comme une grande,
dans le placard à
chaussures de l'entrée. Elle a tout nettoyé
et elle m'a amené ses bébés sur mon lit,
dans sa gueule, lisses, nets, bien léchés.

– Hop ! un cadeau ! Et hop ! encore
un cadeau !

Elle les a lâchés sur ma couette et
elle s'est léché les pattes comme si de
rien n'était.

Elle a dû rencontrer le papa dans
le jardin, juste avant qu'on ne parte…

Je me
souviens
d'un beau matou noir,
qui hurlait à la lune chaque soir.
Pas la peine de chercher, c'est lui, le
père ! Un des chatons est tout
noir, comme son papa ; l'autre
tigré, comme sa maman.

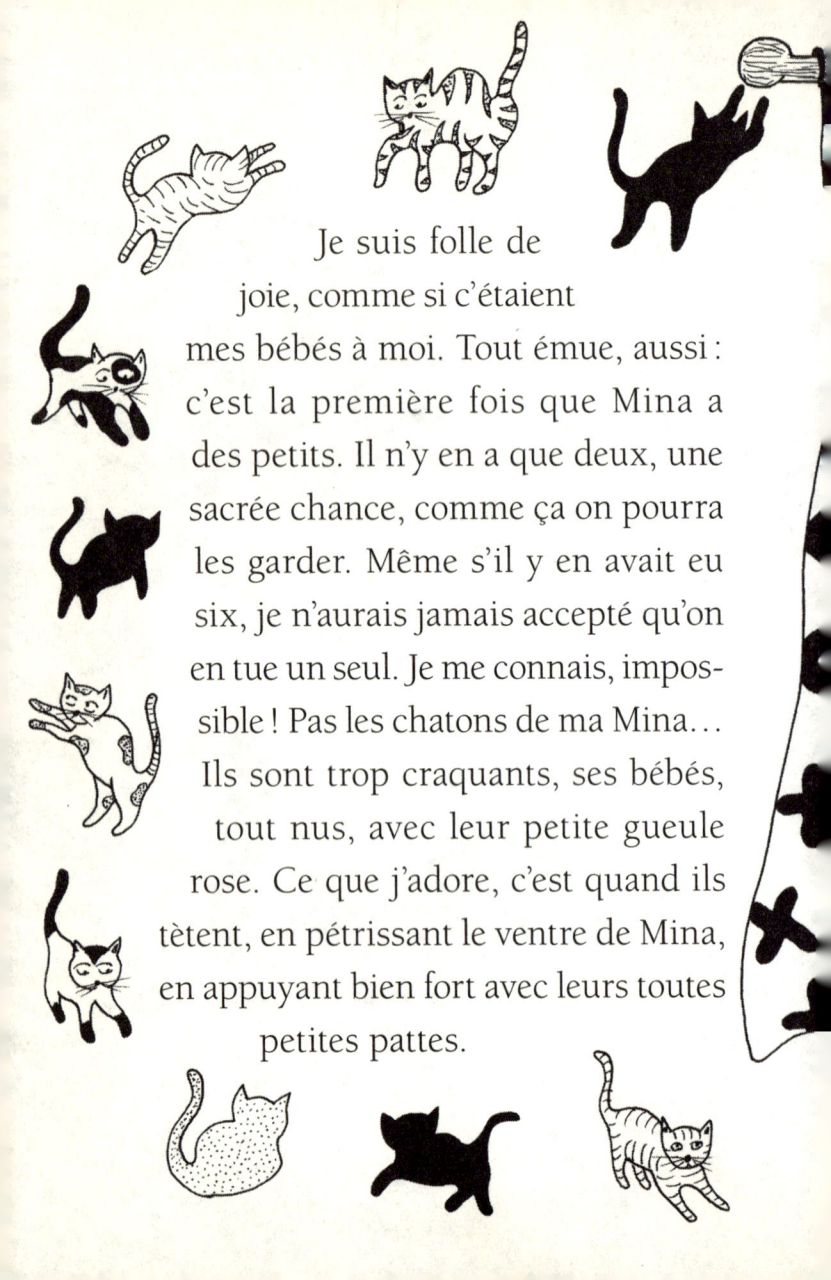

Je suis folle de joie, comme si c'étaient mes bébés à moi. Tout émue, aussi : c'est la première fois que Mina a des petits. Il n'y en a que deux, une sacrée chance, comme ça on pourra les garder. Même s'il y en avait eu six, je n'aurais jamais accepté qu'on en tue un seul. Je me connais, impossible ! Pas les chatons de ma Mina… Ils sont trop craquants, ses bébés, tout nus, avec leur petite gueule rose. Ce que j'adore, c'est quand ils tètent, en pétrissant le ventre de Mina, en appuyant bien fort avec leurs toutes petites pattes.

Depuis que les chatons sont là, Alexandre est toujours fourré dans ma chambre, je n'arrive pas à m'en débarrasser. Il va avoir deux ans cette année, il a l'âge de Mina, qui est bien plus maligne que lui, ça va sans dire ! Il est à l'âge terrible où il fiche tout en l'air, on ne peut pas le laisser seul cinq minutes, un vrai massacre.

Les parents trouvent ça attendrissant, comme tout ce qu'il fait d'ailleurs depuis qu'il est né : ses premiers pas, ses premières dents, ses premiers mots… ses premiers cacas sur le pot ! Bon, je sais, je suis méchante. Moi, il ne m'attendrit pas, il m'agace, c'est tout ! Suis-je normale ? Une grande sœur doit être folle de joie d'avoir un petit frère, c'est ce qu'on lit dans les livres. Pas moi. Du tout !

Enfin, tant qu'il ne touche pas à mes chats, tout va bien. La seule fois où il a essayé, Mina a grondé, elle a craché, il a reculé de trois pas. Je ne l'avais jamais vue comme ça.

– Il n'est pas près de recommencer, Mina, crois-moi !

Après tout, c'est grâce à lui que j'ai eu Mina.

Avant qu'il ne naisse, je rêvais d'un chat. J'en demandais un tout le temps, pour Noël, mon anniversaire… Les parents ne voulaient pas en entendre parler.

– Trop de contraintes ! Pas question !
– Mais c'est moi qui m'en occuperai !
– Non, non, non !

Quand Alexandre est né, on m'a laissé Mina comme cadeau de consolation. Allons, je vais finir par m'y faire, à ce petit frère. Et puis, il va grandir, se calmer, on pourra peut-être jouer ensemble un jour, qui sait ?

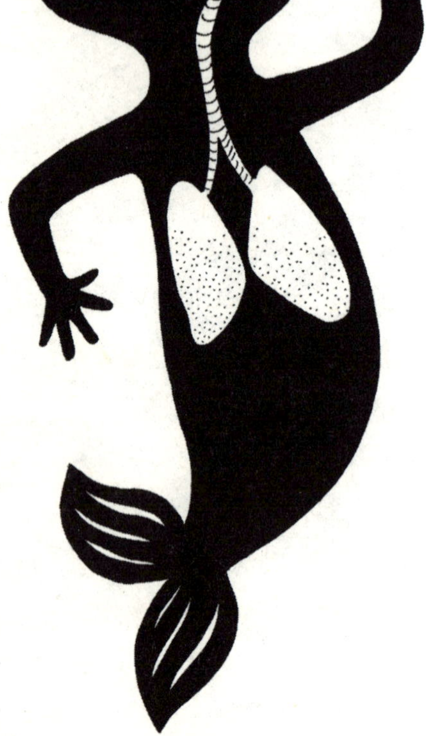

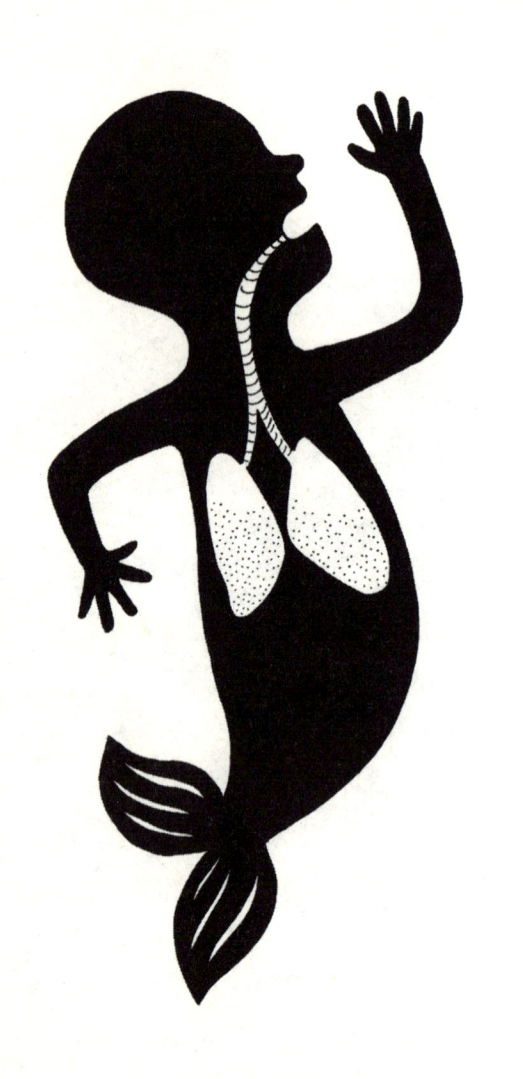

3. La crise d'asthme

Cette nuit, Alexandre a eu une crise d'asthme. J'étais seule avec lui quand c'est arrivé, tard le soir. Mina était là, aussi, avec ses deux chatons. Les parents étaient au cinéma.

– On peut te confier Alexandre ? Tu es sûre, Nina ?

– Mais oui, bien sûr ! De toute façon, il ne peut rien arriver, pas vrai ? S'il y a le feu dans l'immeuble, je n'ouvre ni les portes ni les fenêtres, j'ouvre grands les robinets de la baignoire, et j'appelle les pompiers… Je me suis installée avec Mina et les chatons devant la télé et on a regardé *La Cité des Chats*, mon dessin animé préféré.

Mina aussi, elle adore : elle regarde en remuant la queue, parfois elle caresse l'écran avec sa patte, comme si elle essayait de toucher les chats… Je m'étais fait une pile de biscottes aux cornichons avec du beurre salé et des petits oignons, mon repas préféré. Mina avait ses croquettes au saumon, les chatons tétaient. Bref, le bonheur… Quand soudain Alexandre s'est mis à faire des bruits bizarres, dans son petit lit à barreaux. Les parents l'avaient installé dans le couloir, pour que je puisse l'entendre. J'ai mis le film sur pause, et je suis allée voir.

Il n'avait pas l'air bien du tout, le pauvre chou, il était tout pâlot, j'ai tout de suite vu qu'il avait du mal à respirer. Il me regardait sans me voir, il ouvrait

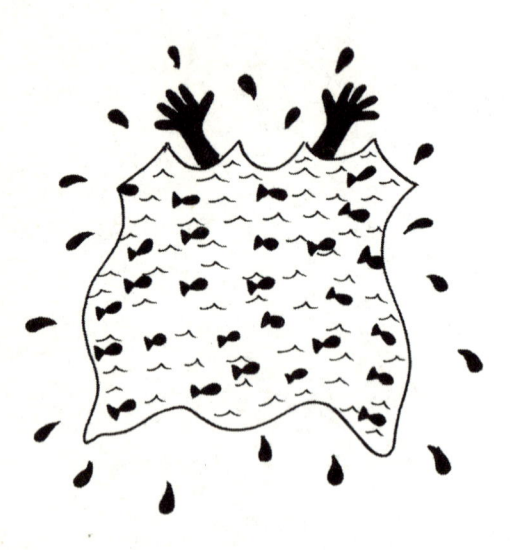

toute grande sa bouche, il cherchait de l'air en sifflant, comme un poisson rouge tombé de son aquarium.

J'ai appelé les parents sur le portable, ils étaient en train de boire un verre à la sortie du ciné, ils sont arrivés trois minutes plus tard, affolés. Alexandre n'allait pas mieux, c'était pire même, il virait au bleu. Ils sont partis aux urgences en nous laissant en plan, Mina, les chatons et moi.

On ne s'est pas démontés, on a regardé la fin du film en mangeant de la glace au chocolat et des olives vertes (pour Mina). Elle en est folle, surtout celles aux anchois : si je la laissais faire, elle ne se nourrirait que de ça.

Ensuite, on est allés se coucher, les chatons, Mina et moi. J'étais un peu inquiète pour Alexandre bien sûr, mais pas trop : à l'hôpital, on allait bien s'occuper de lui, dès demain la soirée tragique serait oubliée.

J'ai entendu les parents rentrer au petit matin, sans lui. Il était resté à l'hôpital, en observation : il avait fait une crise d'asthme très sérieuse ; à un si jeune âge, ça pouvait être fatal… Dans la matinée, on allait lui faire des tests, pour essayer de trouver ce qui l'avait déclenchée.

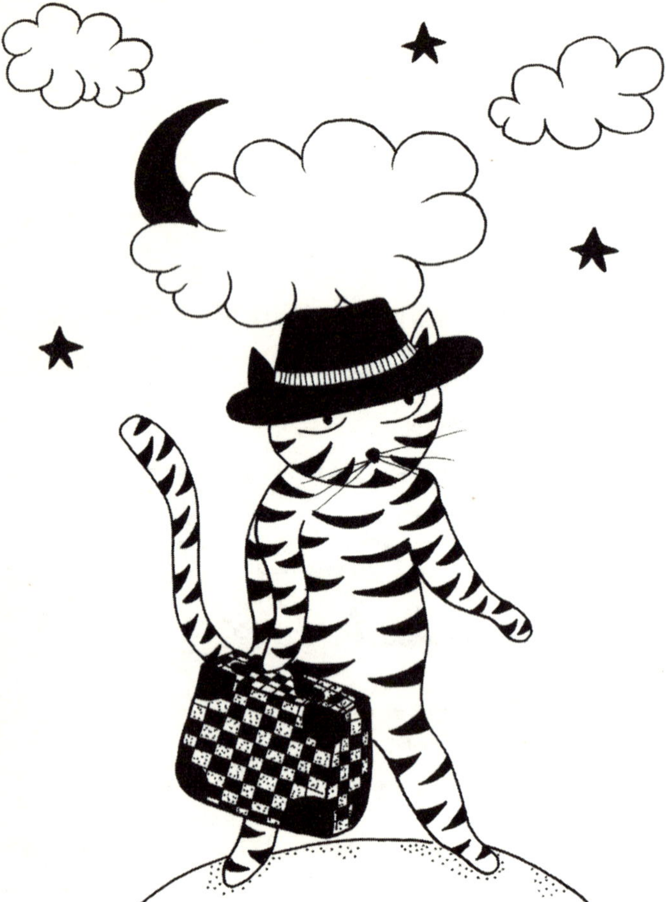

4. Je m'en vais

Le soir, un peu tard, les parents sont rentrés à la maison, Alexandre était toujours à l'hôpital. Ils avaient l'air soulagés ; en même temps, ils évitaient de me regarder.

– Valentine, on a une bonne et une mauvaise nouvelle.

– Ton frère va mieux, il respire normalement.

Voilà pour la bonne…

– C'est bien ce qu'on craignait, ton père et moi : ton frère est allergique aux poils de chat.

– C'est à cause des chatons, ça fait trop, le médecin nous l'a dit.

– On ne va pas pouvoir garder Mina, ni les petits ; il va falloir s'en débarrasser.

– Dès demain, on va devoir les porter à la SPA.

– Ne t'inquiète pas : ils seront bien traités là-bas.

– Je suis sûr qu'ils trouveront très vite une gentille famille…

– …avec un jardin.

Je n'ai pas voulu en entendre plus, je suis partie dans ma chambre.

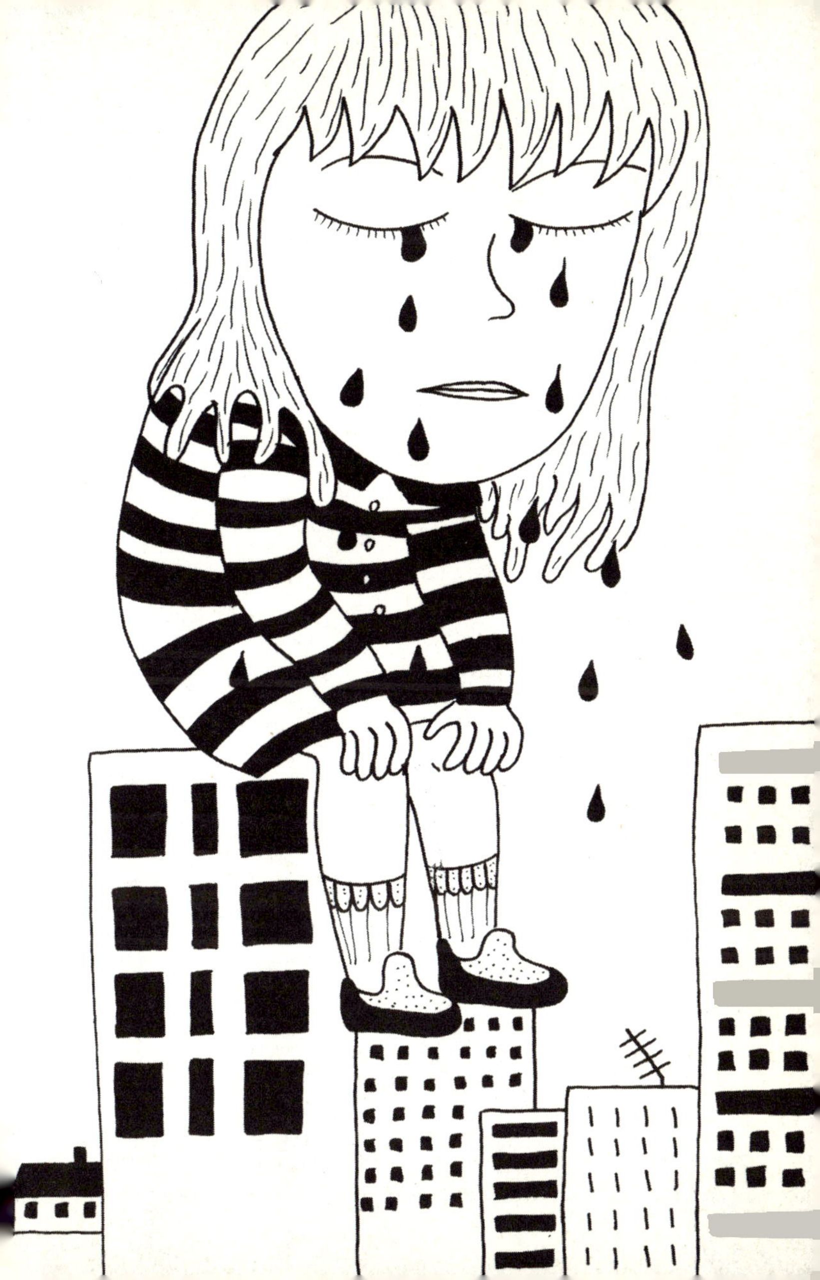

J'ai fait semblant d'aller me coucher, je me suis relevée et je me suis cachée dans l'entrée. Je n'y croyais pas du tout, à cette histoire de SPA. J'étais sûre que ce qui attendait Mina et ses petits, c'était pire. Je ne m'étais pas trompée…

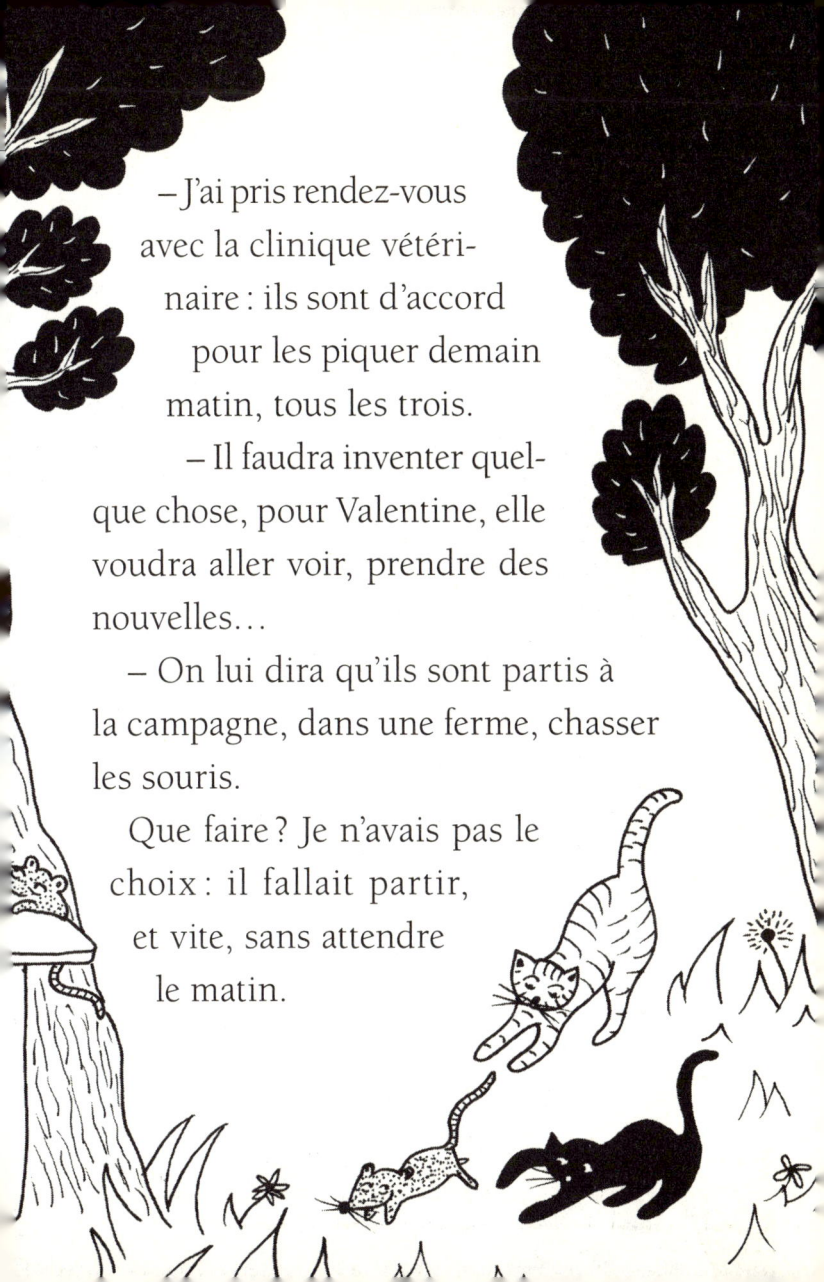

– J'ai pris rendez-vous avec la clinique vétérinaire : ils sont d'accord pour les piquer demain matin, tous les trois.

– Il faudra inventer quelque chose, pour Valentine, elle voudra aller voir, prendre des nouvelles…

– On lui dira qu'ils sont partis à la campagne, dans une ferme, chasser les souris.

Que faire ? Je n'avais pas le choix : il fallait partir, et vite, sans attendre le matin.

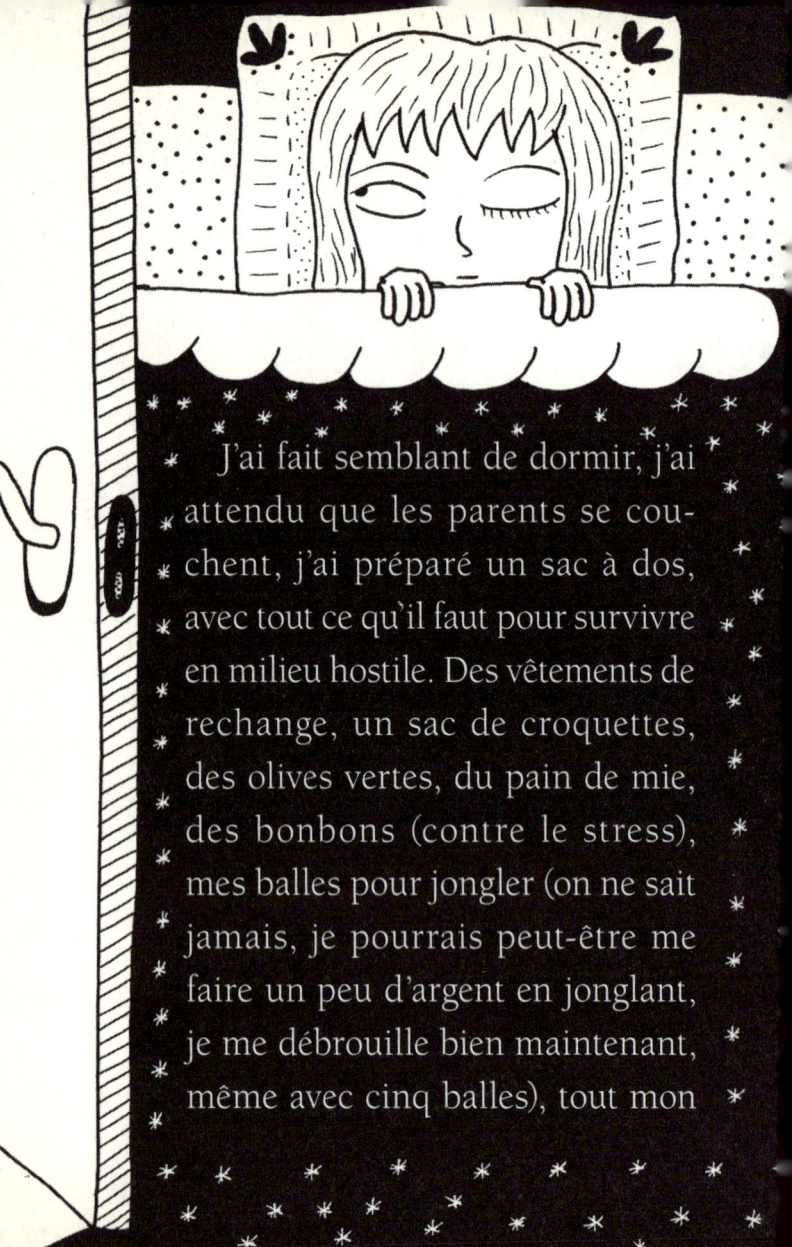

J'ai fait semblant de dormir, j'ai attendu que les parents se couchent, j'ai préparé un sac à dos, avec tout ce qu'il faut pour survivre en milieu hostile. Des vêtements de rechange, un sac de croquettes, des olives vertes, du pain de mie, des bonbons (contre le stress), mes balles pour jongler (on ne sait jamais, je pourrais peut-être me faire un peu d'argent en jonglant, je me débrouille bien maintenant, même avec cinq balles), tout mon argent de poche, plus celui que j'ai reçu pour mon anniversaire : soixante-cinq euros. Combien de temps on peut tenir seule en ville avec soixante-cinq euros ? Et, bien sûr, le panier à chats, le coussin de Mina, deux bols en plastique pour le lait et l'eau…

Bref, j'avais tout ce qu'il me fallait, je me sentais prête.

Je n'avais pas sommeil, j'étais calme, sûre de moi.

Je ne reverrais peut-être jamais les parents, ni Alexandre… Tant pis, je n'avais pas le choix.

À cinq heures, juste avant que le jour ne se lève, j'ai pris une douche, tout doucement, je me suis brossé les dents, je me suis fait des nattes bien serrées pour le voyage. J'ai mis le sac sur mon dos, j'ai posé Mina et les chatons dans le panier, sur le coussin.

En l'installant, je lui ai tout expliqué, elle m'a regardé en ouvrant tout grands ses yeux, elle comprenait, elle s'est mise à ronronner.

– Tu as rrrraison, Nina, tu as raison…

J'ai ouvert la porte en douceur et j'ai appelé l'ascenseur.

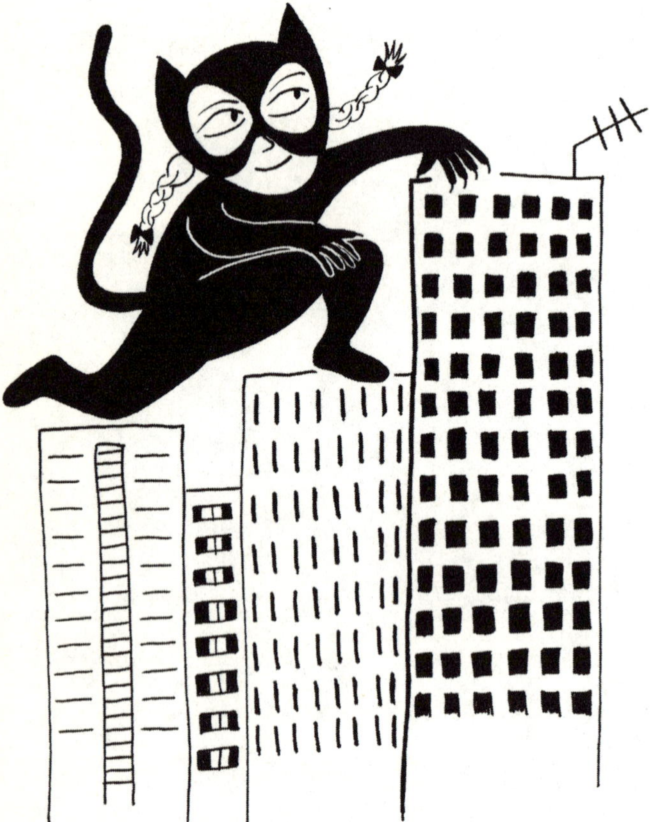

5. Seule dans la ville

J'aime l'heure où le jour se lève, surtout en été, ça a toujours été mon moment préféré, depuis que je suis toute petite. Avant, à cette heure-là, je descendais dans mon jardin et je regardais les hirondelles voler. Même sans jardin, j'aime toujours ce moment, je me sens pleine d'énergie, prête à tout, rien ne peut m'arriver. Je me sens aussi forte que Catwoman, mon idole : je pourrais grimper sur les toits comme un chat et semer tous mes poursuivants.

Bon, Nina, calme-toi : pour le moment personne ne te poursuit, ce serait bien de savoir où aller.

Je connaissais très mal la ville, mais j'avais pris un plan, pas si bête… Je voulais aller au parc, entre la cathédrale et le musée. Il y a de grands arbres, des coins tranquilles, de l'herbe et de l'eau pour les chats, du sable… et un marchand de barbapapas. Mina n'y a jamais goûté :

– Je suis sûre que tu vas aimer ça, gourmande comme tu es.

Ce n'était pas très loin, en fait. Bien moins que ce que je ne pensais. En chemin, je n'ai croisé personne, à part une dame qui promenait son chien, je lui ai fait un grand sourire : surtout ne pas avoir l'air perdue… Je suis arrivée devant les grilles du parc au moment où le gardien s'apprêtait à ouvrir.

Je suis restée cachée le temps qu'il ouvre (pas question de se faire repérer, je n'étais pas très discrète, avec mon sac et mon panier…) et je suis allée sur la pelouse, à l'ombre des arbres, au bord de l'eau.

Le café en plein air n'avait pas encore ouvert, j'étais toute seule dans le parc, je n'avais pas peur, au contraire, j'étais heureuse et fière : les parents avaient pris rendez-vous chez le vétérinaire à neuf heures. À cette heure-là, Mina, les chatons et moi, on serait en train de manger de la barbapapa à la pépinière, comme des pachas.

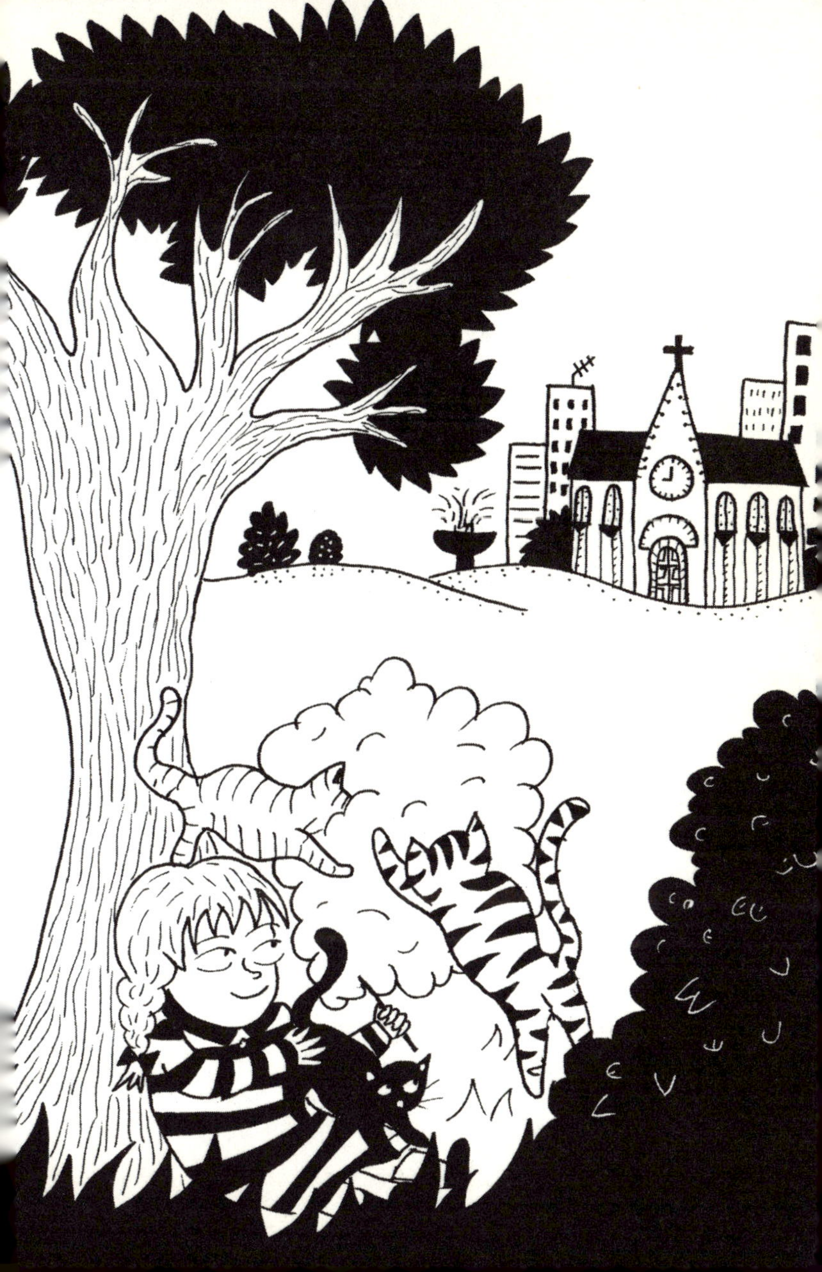

Mina était sage comme une image. Elle a fait un petit pipi sur le sable de l'allée, avant de gratter, comme si elle avait fait ça toute sa vie, puis elle est retournée dans son panier, jouer avec ses petits, qui se sont mis à téter

comme des forcenés. Après, ils se sont endormis. Depuis leur naissance, ils passaient leur vie à téter et à dormir. De ce côté-là, Mina et moi, on était tranquilles : ils ne risquaient pas de se sauver.

Mina comprenait très bien ce qui se passait, elle n'essayait même pas de grimper aux arbres, ni même de poursuivre les oiseaux, comme au jardin, du temps où on en avait un. Elle est venue se frotter contre moi, en ronronnant.

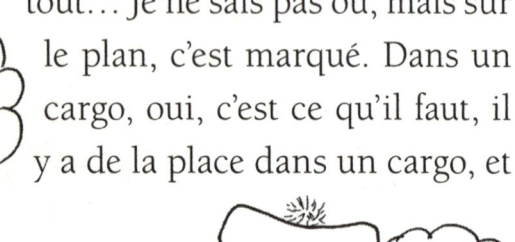

Dans huit jours, ce sera la rentrée, j'ai pensé. On sera où, Mina et moi, dans huit jours ? Il faudrait peut-être essayer de monter dans un bateau ? Il y a un port, dans cette ville, après tout… Je ne sais pas où, mais sur le plan, c'est marqué. Dans un cargo, oui, c'est ce qu'il faut, il y a de la place dans un cargo, et des souris par milliers, on a besoin de chats, on nous gardera…

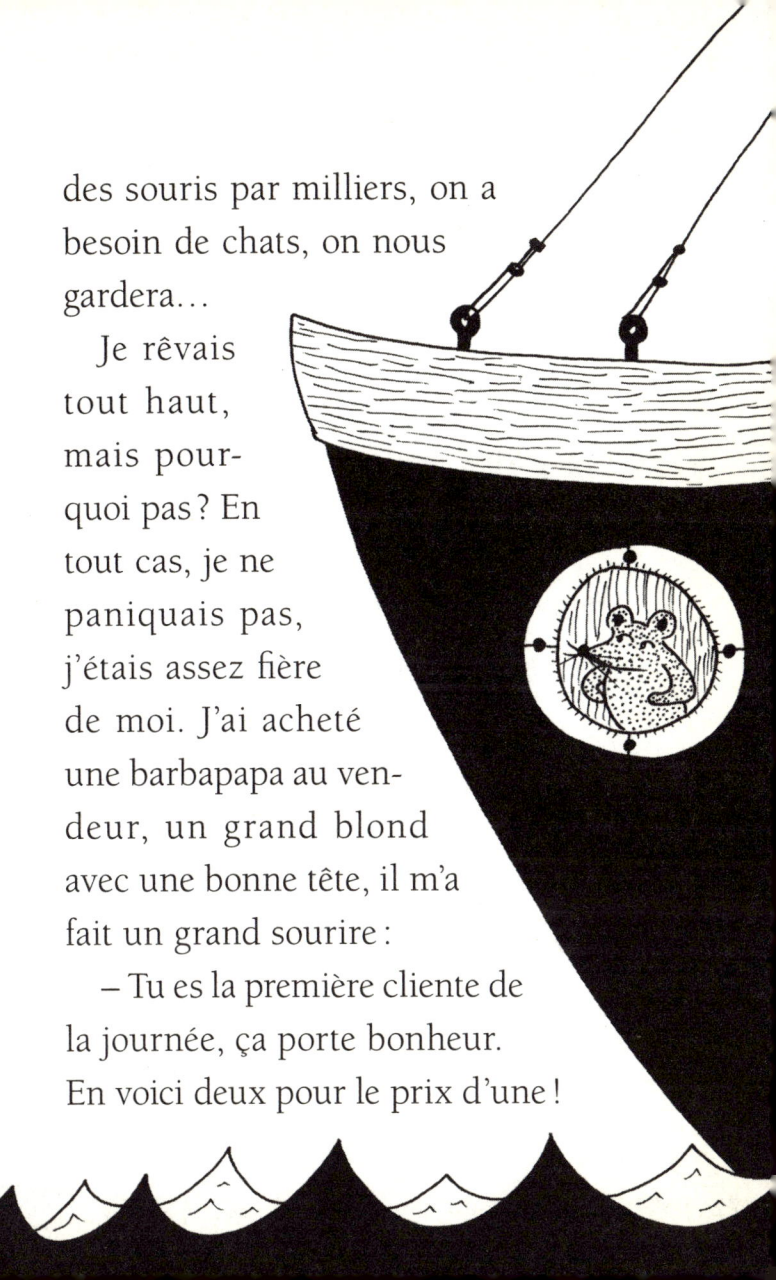

Je rêvais tout haut, mais pourquoi pas ? En tout cas, je ne paniquais pas, j'étais assez fière de moi. J'ai acheté une barbapapa au vendeur, un grand blond avec une bonne tête, il m'a fait un grand sourire :

– Tu es la première cliente de la journée, ça porte bonheur. En voici deux pour le prix d'une !

J'ai posé la deuxième devant Mina, elle s'est mise à la lécher en ronronnant.

– Ça vaut bien les olives vertes, pas vrai ?

Je me suis endormie sans même m'en apercevoir, en plein soleil, en regardant les canards dans le petit étang. C'est une ombre qui m'a réveillée. Une ombre, et un bruit de pas. Un bruit de grelot, aussi. Tout léger.

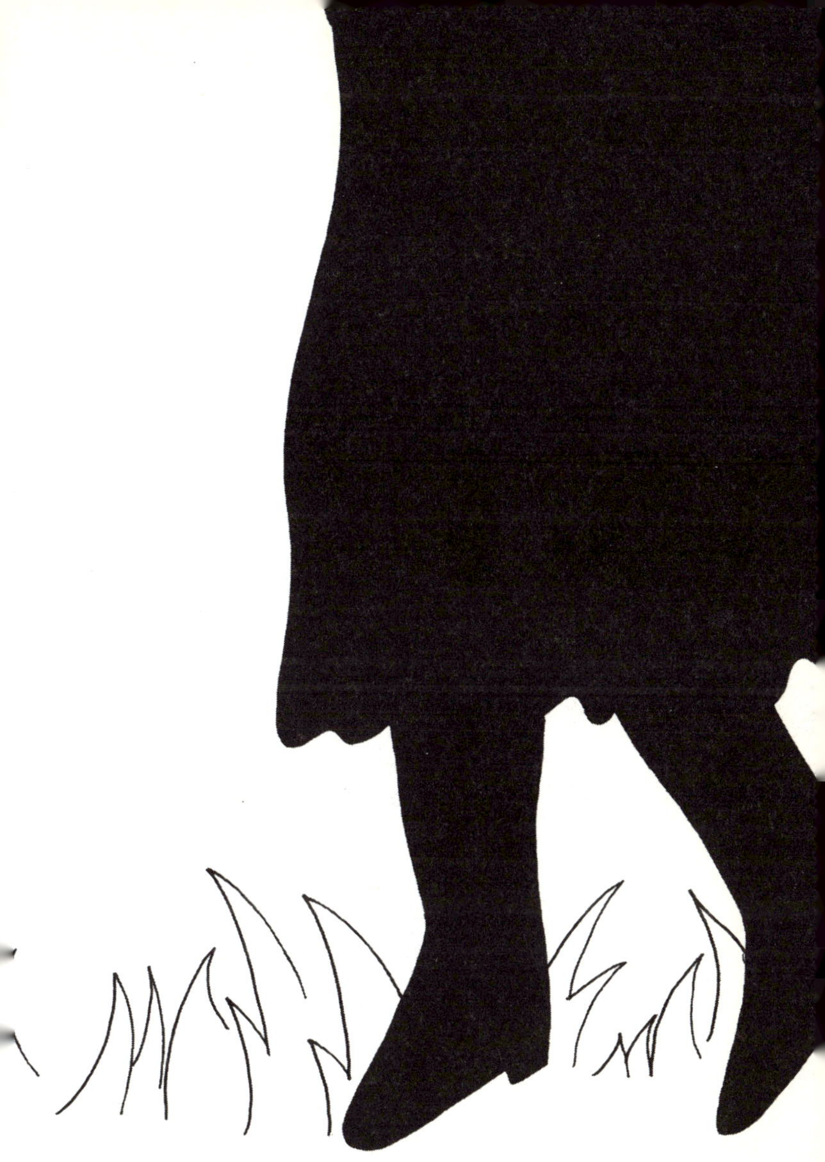

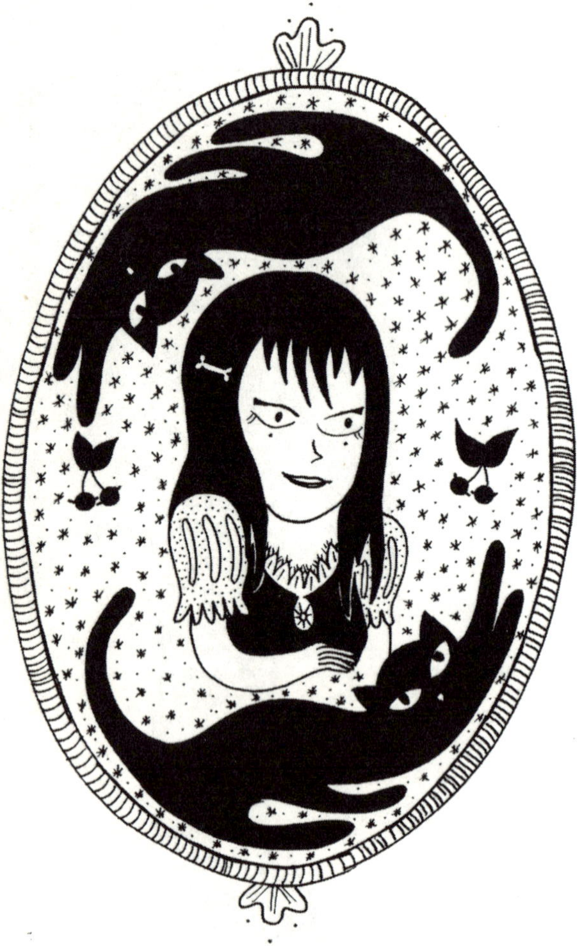

6. La princesse gothique

Une main me secouait, tout doucement.

— Petite ? Petite ? Réveille-toi ! Tu ne peux pas rester là…

J'ai ouvert les yeux, à côté de moi il n'y avait rien.

— Mina ? Mina !

— C'est ta chatte que tu cherches ? Ne t'inquiète pas, elle est là, j'ai mis le panier à l'ombre. Il fait trop chaud à cette heure-ci pour les chatons. Le soleil tape, tu sais…

J'ai regardé autour de moi sans comprendre où j'étais, ni ce que je faisais là. Mina est venue vers moi en ronronnant,

tout m'est revenu d'un coup : la crise d'asthme d'Alexandre, les parents, ma fuite…

– Quelle heure est-il ?

Elle a montré du doigt l'horloge en haut du bâtiment :

– Onze heures. Le vendeur de barbapapas m'a dit que tu dormais ici depuis deux heures. C'est lui qui est venu me chercher, c'est un ami. Il se fait du souci pour toi, il pense que tu es perdue. C'est vrai ?

Onze heures ? Quel bonheur… Il y a deux heures, si je n'étais pas partie, on t'aurait piquée, Mina, toi et tes chatons. Je connais les parents : il ne m'aurait pas accordé une heure de sursis, même si je les avais suppliés. On est sauvées, Mina, je te promets que ça n'arrivera pas.

– Tu es bien souriante, pour une petite fille perdue… Qu'est-ce que tu fais là ? Tes parents habitent par ici ? Ils savent que tu es au parc, toute seule, avec tes chats ?

C'est là que j'ai vu deux siamois, gris-bleu, qui la suivaient. C'était ça, le bruit de grelot qui m'avait réveillée… Sans répondre, je me suis mise à les caresser. Ils avaient l'air gentils, pour des siamois.

– Ils ne griffent pas ?
La fille a souri.
– Tu peux y aller.

Tout en les caressant, je la regardais. Une princesse gothique... C'est exactement à ça qu'elle m'a fait penser. La peau très pâle, les cheveux très noirs, les yeux gris clair, gracieuse, jolie, habillée de noir. Elle avait tout à fait l'air d'une chatte. Je me sentais en confiance, je lui ai dit :
– Vous ressemblez à vos siamois...

Elle a ri :

– Je prends ça pour un compliment !
J'adore les chats. Tu sais combien j'en
ai chez moi ? Sept ! Ils ont dû déteindre
sur moi.

– Sept ? Vous en avez de la chance !

Et là, je ne sais pas pourquoi, je
me suis mise à pleurer. Je n'étais pas
fière de moi. D'habitude, je ne pleure
jamais… En même temps, je sentais
que ça me faisait du bien.

– Mais qu'est-ce que
tu as ? Ça ne va pas ?
Et si tu me racontais
ce qui s'est passé… Je
peux peut-être t'aider ?
Je lui ai tout raconté :
Alexandre,

la crise d'asthme, le déménagement, le rendez-vous chez le vétérinaire…

– Je ne pourrai jamais vivre sans Mina et les chatons. Le vétérinaire n'a qu'à me piquer, moi aussi ! J'aime encore mieux ça.

La princesse gothique a souri en me passant un mouchoir.

– Allons, allons ! J'avais peur que tu vives des choses plus terribles encore. Tout ça n'est pas bien grave, on va trouver une solution.

Elle a pointé son doigt vers une petite maison pas terrible, toute de travers, en face de la pépinière.

– Tu vois cette maison ? C'est chez moi. Tu veux venir un moment ? Téléphoner à tes parents ? Ne t'inquiète pas, je ne ferai rien sans ton consentement.

Je sais bien qu'il faut se méfier des inconnus qui abordent les enfants. Et même des inconnues. Surtout si on est perdu… Mais cette fille-là,

je lui faisais confiance.
Totalement.

Elle a soulevé mon sac, j'ai pris le panier à chats, et on est allées chez elle, les siamois sur nos talons, avec leur bruit de grelot. On se serait cru dans un film, une nouvelle *Cité des Chats*.

En même temps, je savais bien que je ne rêvais pas.

La crise d'asthme, le rendez-vous chez le véto : c'était bien réel… Et je ne voyais aucune solution à l'horizon, rien qu'une engueulade monstre quand je rentrerais à la maison.

Et pour Mina ?

À part l'abandonner dans le parc avec ses chatons, je ne voyais pas de solution.

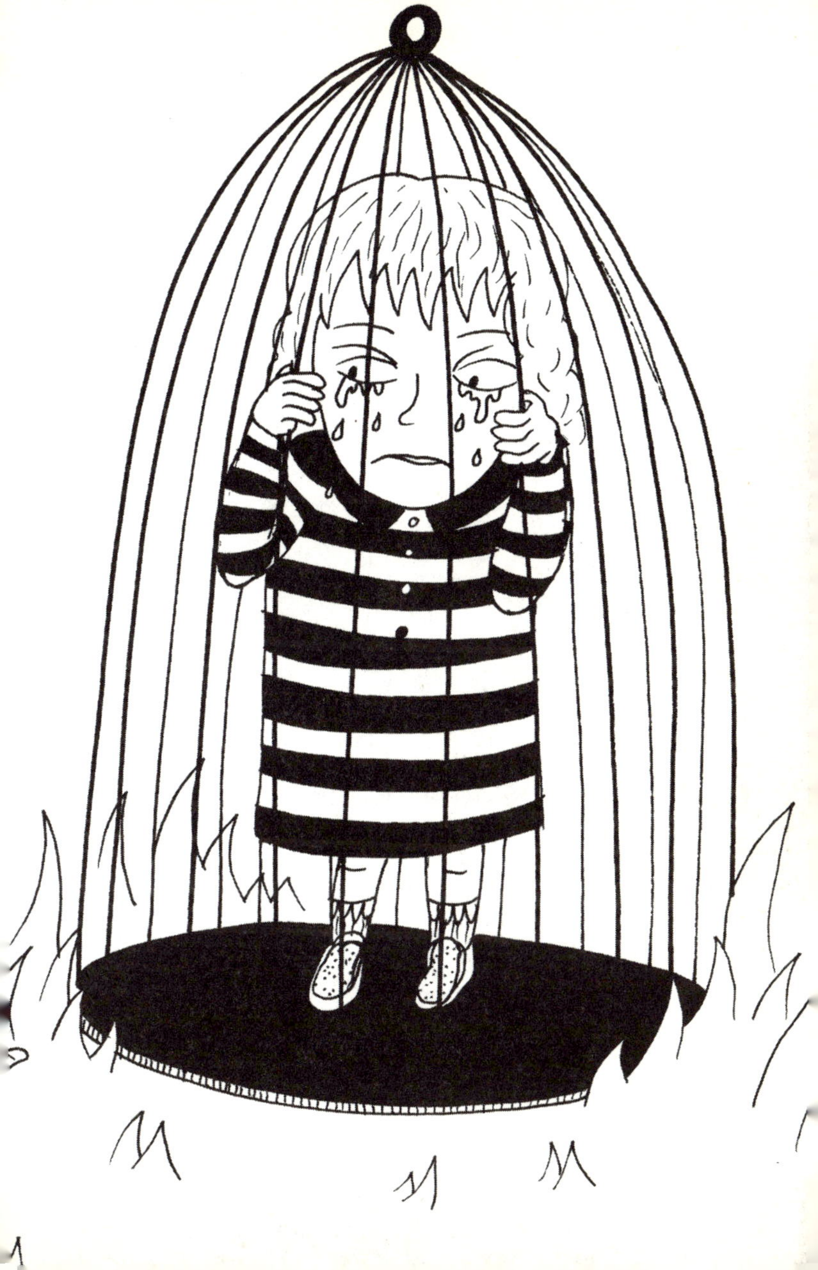

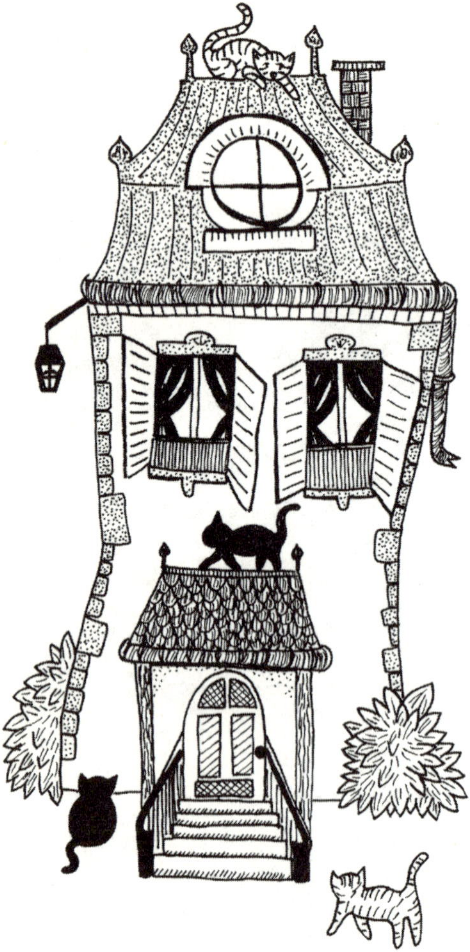

7. La maison des sept chats

En chemin, la fille s'est retournée.
– Je m'appelle Ève, et toi ?
– Valentine… Mais tout le monde m'appelle Nina. Elle, c'est Mina, les chatons n'ont pas encore de nom.

Tiens, ça, c'est vrai, ils ont déjà deux semaines, et je n'ai même pas pensé à leur trouver un nom.

La maison d'Ève était toute biscornue, elle habitait au dernier étage, l'escalier n'avait pas dû être balayé depuis un siècle.

Je m'attendais à ce que ce soit pareil chez elle. Pas du tout ! C'était nickel. La lumière tombait d'une verrière, on se serait cru en plein ciel. Ou dans un jardin : des plantes en pots dans tous les coins. Des arbres en fleurs, des rosiers grimpants…

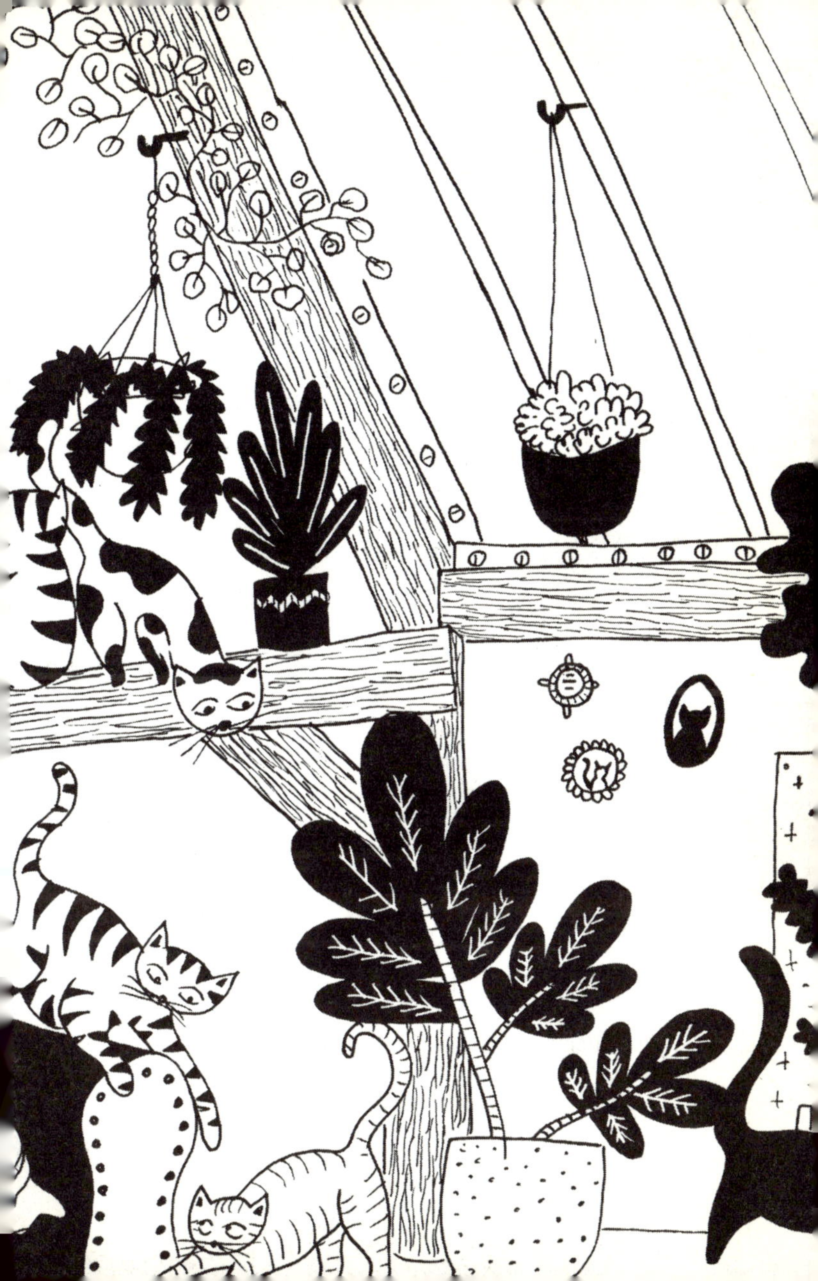

et surtout des chats, des chats partout,
de toutes les couleurs, de toutes les
tailles : roux, blanc, gris, tigré, angora,
gouttière… Jamais vu autant de chats
à la fois.

Et pourtant, ça ne sentait pas du tout le vieux chat, ça sentait les fleurs, le propre... J'ai posé mon panier, un fauteuil brodé me tendait les bras, je me suis laissée tomber.

– C'est le paradis, ici !

Ève a ri.

– Si tu avais vu l'état dans lequel c'était quand je suis arrivée ! Une vraie porcherie. On y a travaillé un an, avec mes parents. Au début, mon père n'y croyait pas : « Tu es folle, ma fille ! » Il répétait tout le temps ça,

en déblayant les gravats.
Et voici le résultat !

Au mot de « parents »,
j'ai soupiré.

– Ce ne sont pas les
miens qui m'aideraient
à m'installer avec mes chats,
ça n'est pas près d'arriver... Ils ne
pensent qu'à eux, de toute façon. Et
à mon petit frère. Depuis qu'il est né,
c'est comme si je n'existais pas.

– Tu sais, avant ça, je ne m'entendais
pas du tout avec mes parents, je n'arrêtais pas de faire des fugues, comme toi !

Et puis quand j'ai eu vingt ans, que j'ai commencé à gagner ma vie avec mes broderies, ils se sont calmés. Et ils m'ont aidée à m'installer. Sans que je ne leur aie rien demandé. Laisse-leur une chance, à tes parents…
Il faut les comprendre, ils ont eu peur pour ton frère, ils n'ont pas pensé

au chagrin que ce serait pour toi.

C'est là que j'ai commencé à remarquer tous les tissus colorés, un peu partout dans la pièce, avec des fils argentés, dorés. Ça brillait comme un trésor…

– Il faut bien que je gagne de l'argent pour nourrir tous ces chats. Je suis brodeuse, je travaille pour des couturiers parisiens, à la demande. Depuis que je suis toute petite, j'ai deux passions : la broderie et les chats. Tu vois, elles ne m'ont jamais quitté !

Ève a souri, en me tendant une assiette pleine de biscuits.

— Ce que tu veux vraiment, si tu y travailles jour et nuit, ça finit toujours par se réaliser. Ça ne dépend que de toi. Qu'est-ce que tu voudrais faire de ta vie, Nina ?

J'ai soupiré.

— Vivre avec Mina et ses chatons. C'est mal parti.

– Ça peut s'arranger… Les chats que tu vois là, je les ai tous trouvés dans la rue.

Une chatte rousse est venue se frotter contre ses jambes.

– Celle-là, je l'ai ramassée en Sicile, avec mon ami, elle n'avait que la peau sur les os, on pensait qu'elle ne vivrait pas. Tu vois comme elle est belle ? Ils sont tous tombés du ciel, comme toi et Mina. Quand je suis sortie, ce matin, j'ai senti que j'allais faire une rencontre très spéciale. D'ailleurs, ce n'est pas moi : c'est les siamois qui m'ont emmenée. Ils adorent sortir, à croire que ce sont des chiens condamnés à revenir sous forme de chats.

On a bien ri en imaginant ça. Quel châtiment ! J'espérais qu'il arriverait la même chose un jour à mes parents : condamnés à revenir sur terre sous

forme de
chats, pour les punir d'avoir voulu tuer Mina et ses petits.

– Tu sais, sept chats ou dix, quelle différence ? Ils s'adaptent, ils s'éduquent les uns les autres. Il n'y a jamais eu de bagarre, chacun a son territoire. De temps en temps, il y en a un qui s'en va et ne revient pas… C'est la vie ! Les tiens, si tu veux, je te les garde, tu me les laisses en pension, tu pourras venir les voir autant que tu voudras. Ça te va ?

– Un peu, si ça me va !

J'ai failli pleurer de joie, mais j'avais assez pleuré comme ça.

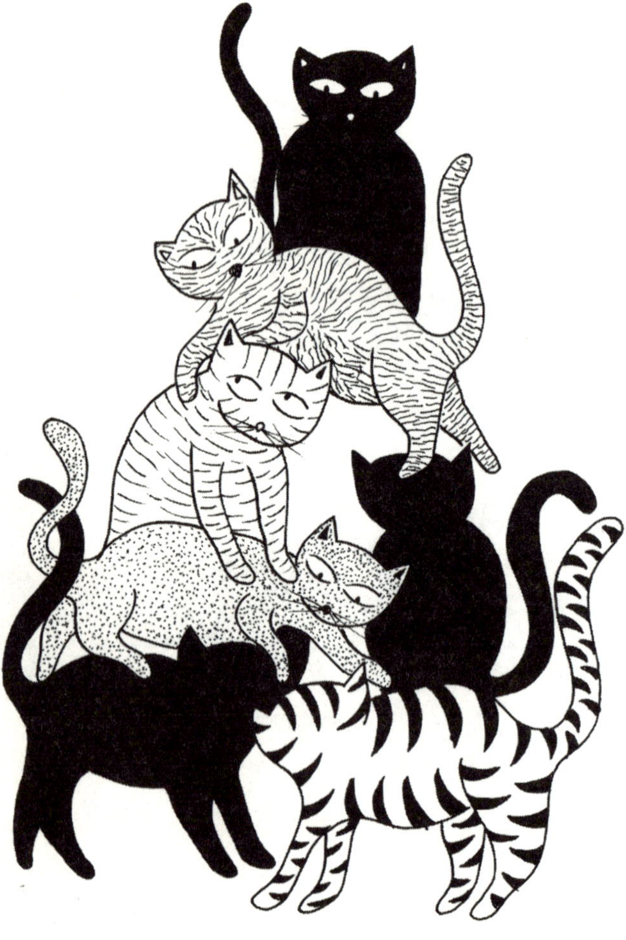

8. Sept + trois = dix

Ève a frotté ma chatte entre les yeux, pile là où elle aime.

— Il faudrait peut-être demander son avis à Mina…

À cet instant, comme si elle avait entendu, Mina a saisi ses petits par la peau du cou et les a posés par terre, l'air de dire : « Allez, hop ! Débrouillez-vous à présent ! » Le petit noir a reniflé le sol, tout étonné, et a marché vers la rousse, d'un pas décidé.

– C'est elle, la chef.
Il est malin, il l'a senti.
Si Sara l'accepte,
les autres suivront.
Mais ce n'est pas dit :
elle n'en fait qu'à sa tête.
Et elle a un sacré coup de patte…
Sara l'a regardé d'un air agacé, elle a tendu sa patte vers lui, toutes griffes dehors. J'étais à moitié rassurée, elle aurait pu lui faire vraiment mal, les chats ne se font pas de cadeau ;
j'en avais vu pas mal passer,
dans mon jardin, un œil
ou une oreille en moins,
sanguinolents ou
bien tailladés…

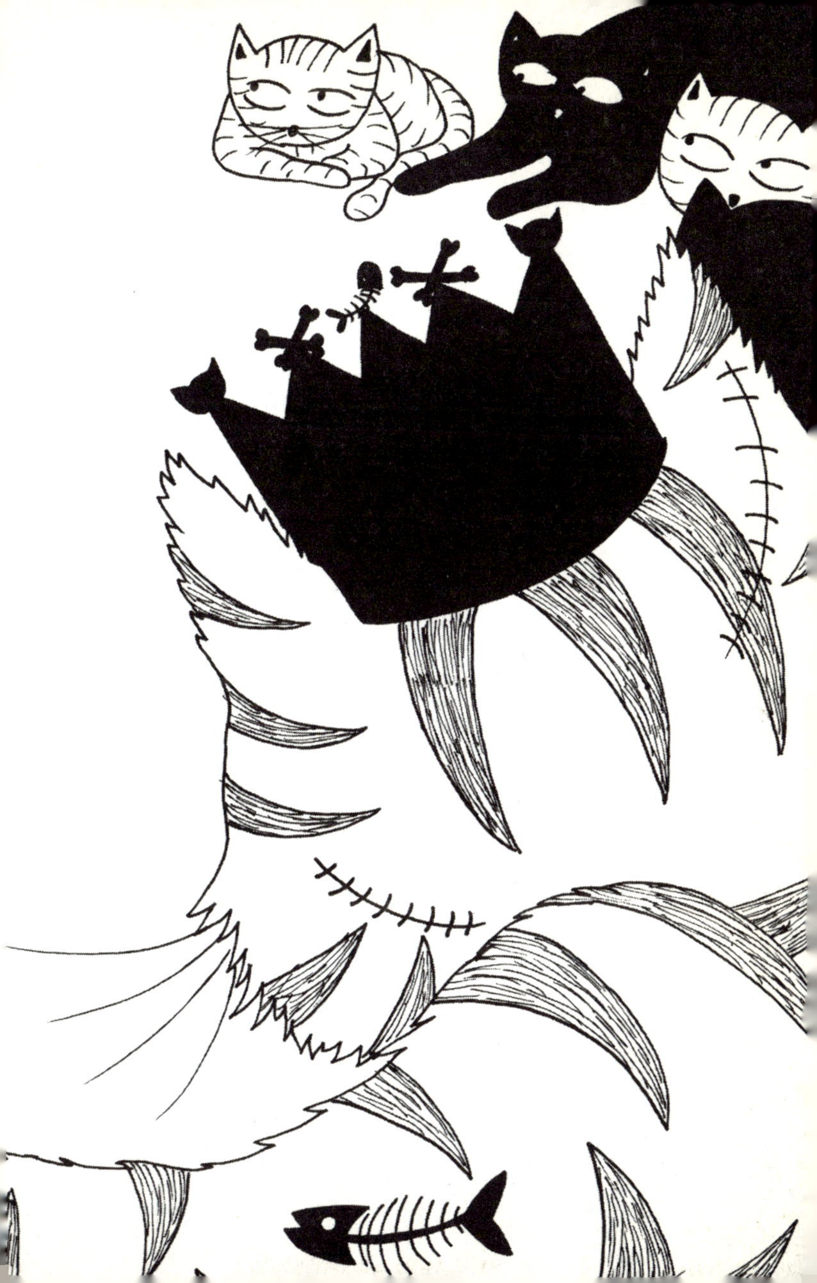

Tout pouvait arriver. Et quelle serait la réaction de Mina, si on faisait du mal à son petit ? Je n'osais pas y penser.

Le chaton s'approchait, l'air fanfaron, Sara s'est mise à grogner. Je m'attendais au pire, j'étais prête à intervenir… et soudain, la chatte a rentré ses griffes, elle a donné un gros coup de langue au chaton, l'air de dire : « Bienvenue

au club ! »
C'était gagné.

À ce moment-là, tous les chats de la maison se sont approchés, pour renifler Mina et ses petits. Elle les a tous regardés bien en face :

– Merci de m'accepter, je sais que vous êtes ici chez vous, mais il faudra me prendre comme je suis.

On se serait cru dans la cour de l'école, le jour de la rentrée. Parmi les sept chats d'Ève, il y avait le frimeur, la timide, le ronchon, la tête de cochon…

Comme si ça ne suffisait pas, à partir d'aujourd'hui, il y en aurait trois de plus. Et Mina n'était pas la plus commode…

– Comment tu fais pour la litière, les croquettes, les courses, le ménage ? Avec ton métier de brodeuse, en plus, ça doit te prendre un temps fou !

– Question d'organisation… Je m'en occupe le soir, après le travail.

– Je pourrai t'aider, si tu veux…

– Avec plaisir ! Ça, c'est une excellente idée. Je dois parfois aller à Paris, pour rencontrer les couturiers. Il m'arrive de laisser les chats tout seuls pendant deux jours, ça serait parfait si tu pouvais t'en occuper un peu. Tu serais d'accord ?

J'étais toute fière de pouvoir lui rendre ce petit service.

– Autant que tu voudras.

— Maintenant qu'on a trouvé une nouvelle maison pour tes chats, on pourrait peut-être appeler tes parents, tu ne crois pas ? Ils doivent être fous d'inquiétude…

J'ai haussé les épaules.

— Ça m'étonnerait : je leur ai laissé un mot.

— Et il disait quoi, ce mot ?

— Ah, c'est malin ! Tu es fière de toi ?

Elle m'a tendu le téléphone.
– Allez, vas-y, à toi de jouer.
J'ai baissé la tête.
– Ça va être ma fête…
– Tu veux que je m'en occupe ?
– Je veux bien. Ça serait drôlement chic de ta part…

J'étais dans mes petits souliers.

Elle les a appelés, elle a réussi à les embobiner. Vingt minutes plus tard, ils étaient là, même pas fâchés. Papa m'a pris le menton entre ses doigts :

– Alors, ma petite fugueuse…

C'est la reine des diplomates, Ève. Si j'avais dû me débrouiller toute seule, j'aurais pris une sacrée dérouillée.

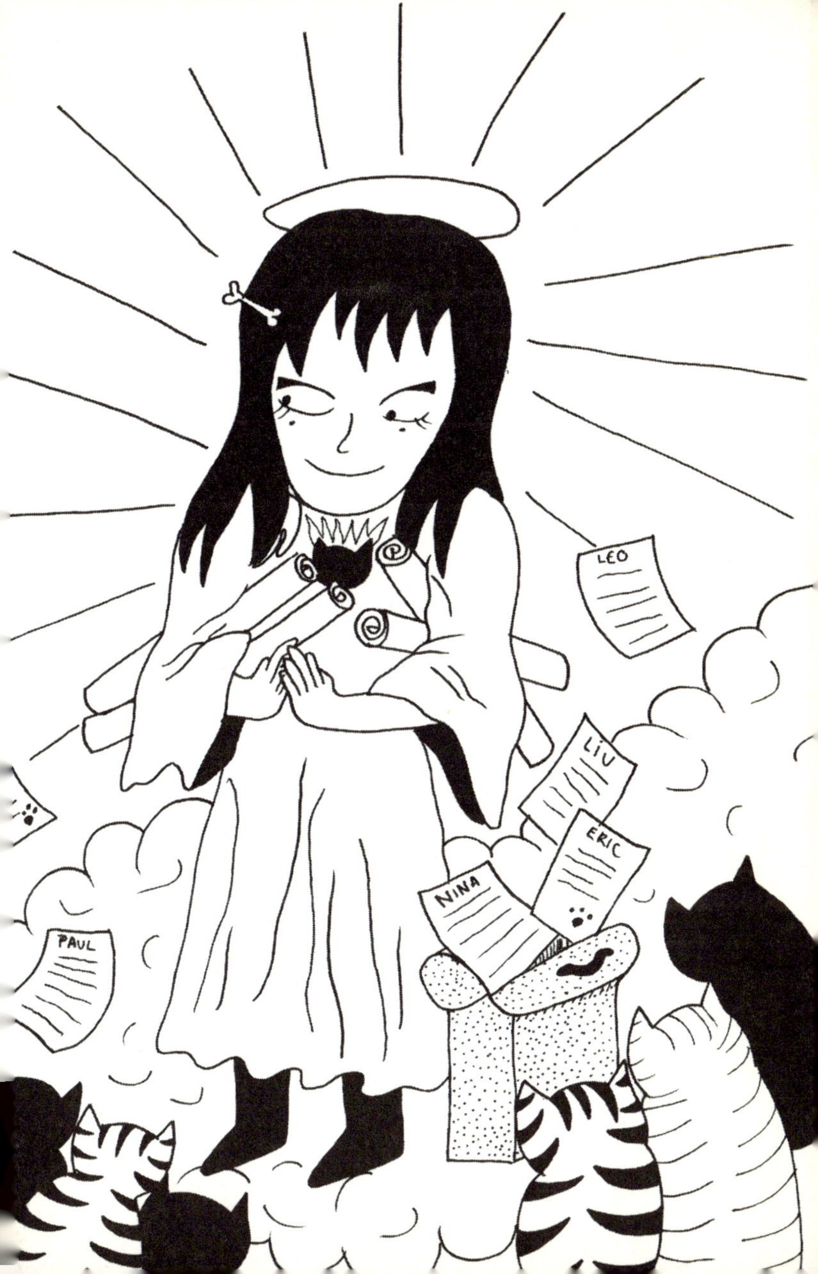
LEO
LIU
ERIC
NINA
PAUL

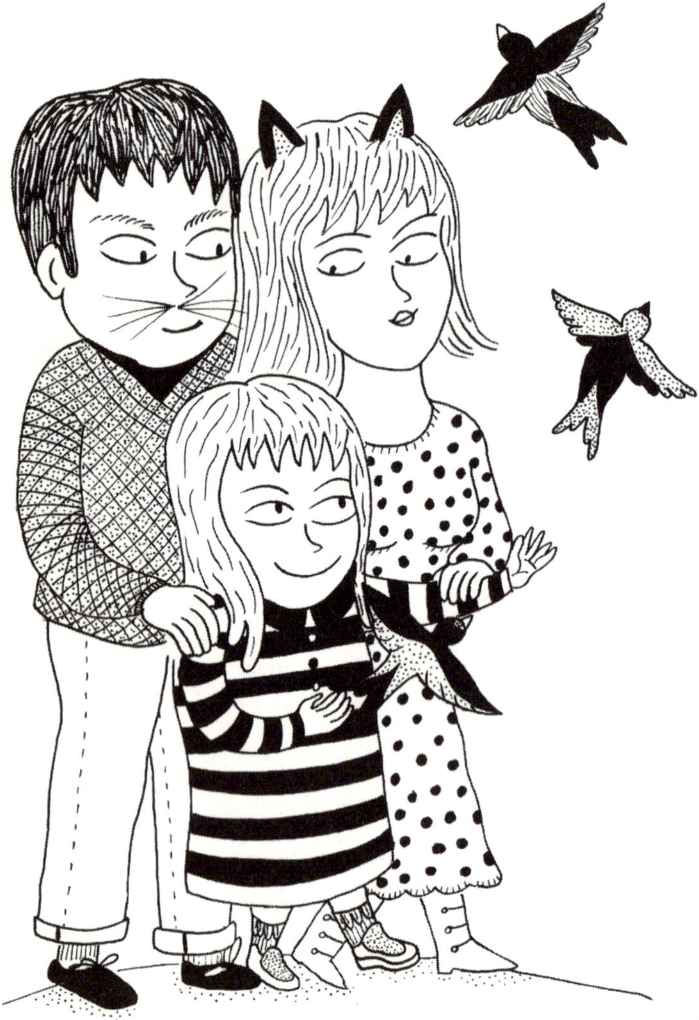

9. Je rentre à la maison (sans Mina)

Ça m'a fait tout drôle, de rentrer à la maison sans Mina.

Les premiers temps, j'étais perdue, je la cherchais partout, elle et ses chatons, je l'appelais sans arrêt, j'étais comme une chatte à qui on aurait volé ses petits.

Quand elle me manquait trop, je prenais mes rollers, et j'allais chez Ève, rendre visite à Mina. Elle était comme une reine, dans sa nouvelle maison ;

elle avait l'air de m'avoir complètement oubliée. Elle me regardait d'un air distrait, l'air de dire : « Ah, tu es là, toi ! Qu'est-ce que tu fiches ici ?… Et d'ailleurs, tu es qui, déjà ? »

Vous savez comment sont les chats : quand on les laisse, ils font toujours ça. Ce sont les rois des snobs, si vous voulez mon avis. Des ingrats, oui… Ils sont comme ça, sans cœur, indifférents… C'est pour ça qu'on les aime, d'ailleurs. Ceux qui veulent être adorés, obéis, ils n'ont qu'à acheter un chien. Les chats, c'est toujours eux qui font la loi.

Au début, les parents avaient peur que je dérange « mademoiselle Ève », comme disait maman. « La reine des chats », comme disait papa. Elle les a vite mis à l'aise.

– Mais non, je vous assure, Mina ne me dérange pas du tout, au contraire, elle m'aide énormément. Vous comprenez, avec tous ces chats…

Pas besoin de leur faire un dessin, ils comprenaient au quart de tour. Rien que d'imaginer vivre au milieu de dix chats, leurs cheveux se dressaient d'effroi sur la tête. Très vite, c'est eux qui m'ont mise dehors.

– Tu n'as rien à faire ? Tu tournes en rond ? Va aider Ève, vite ! La pauvre… Toute seule au milieu de ses dix chats, je me demande vraiment comment elle s'en sort.

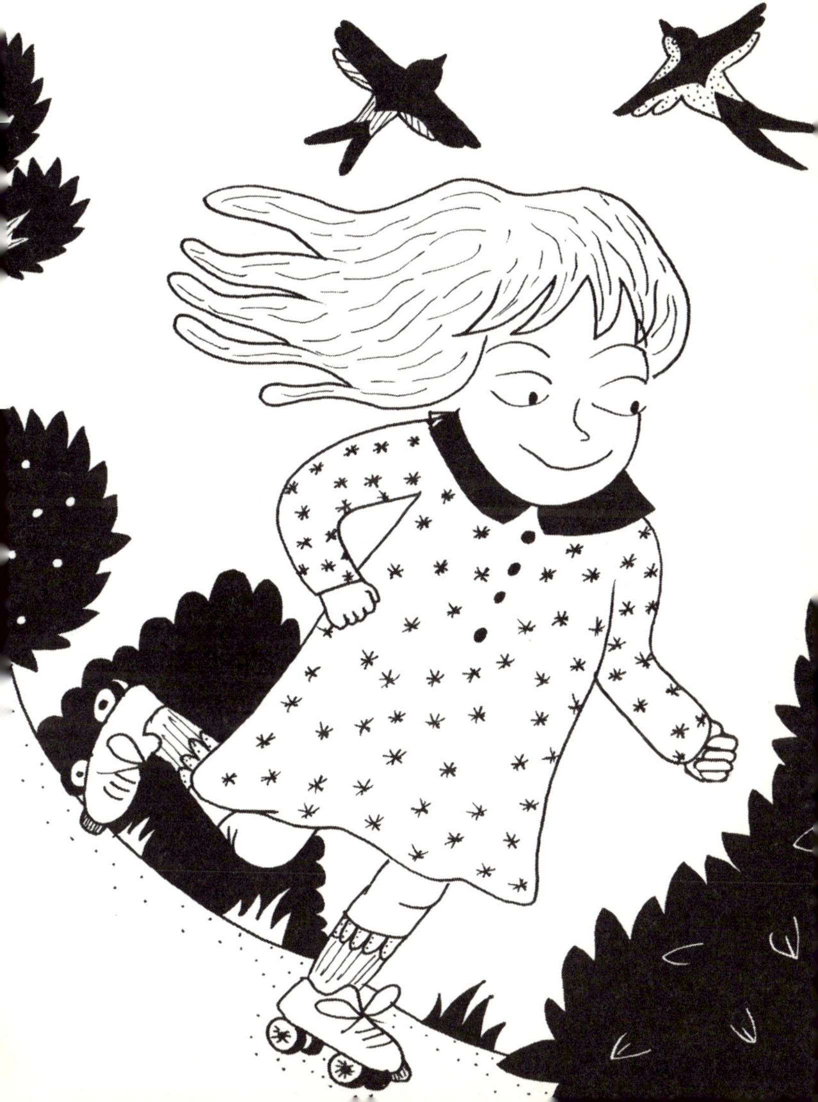

Depuis que mes chats sont casés, mes rapports sont au beau fixe avec Alexandre. Le pauvre, il n'y est pour rien… Elle a raison, Ève !

– Tu as bien de la chance d'avoir un petit frère. Moi, je suis fille unique ; c'est tout sauf drôle, crois-moi ! On n'a jamais la paix, avec les parents. Et qu'est-ce qu'on s'ennuie ! En plus, il est

adorable, ton petit frère, vraiment...
J'aurais rêvé d'en avoir un comme lui.

Un soir, les parents ont invité Ève à dîner, pour la remercier d'avoir pris soin de moi ce jour-là.

— Mina aurait pu tomber sur un détraqué... a frémi maman, en lui servant une part de tarte Tatin avec de la glace à la vanille. Je n'ose pas y penser, je ne sais vraiment comment vous remercier, mademoiselle Ève.

— Au lieu de ça, elle est tombée sur une fée ! a souri papa.

– La fée gothique, j'ai murmuré.

Les parents n'ont rien entendu, Ève m'a fait un petit clin d'œil.

Pendant ce temps-là, dans ma chambre, Alexandre balançait tous mes crayons par terre et les cassait avec ses petites mains. Mais qu'est-ce que ça peut faire ? Il faut le laisser s'amuser, c'est de son âge !

D'ici la rentrée, j'aurai le temps de m'organiser...

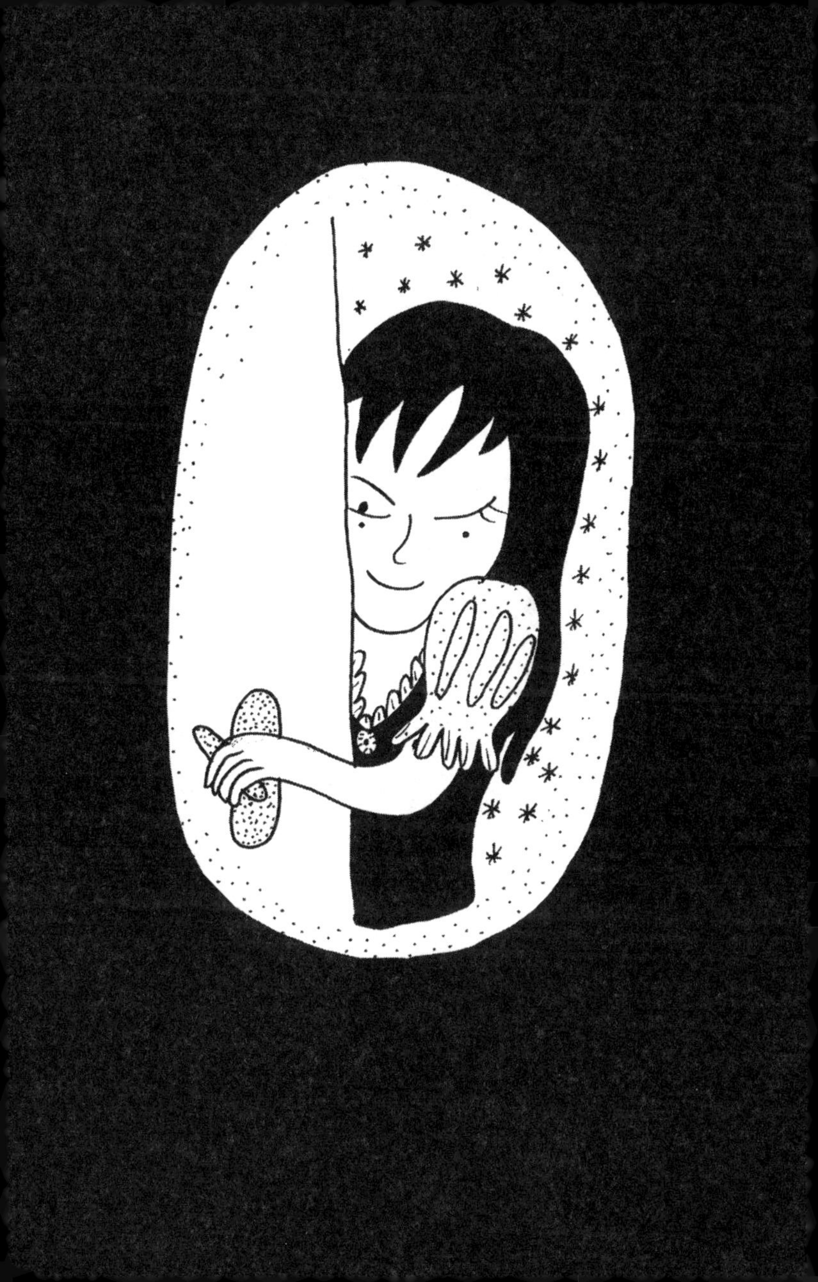

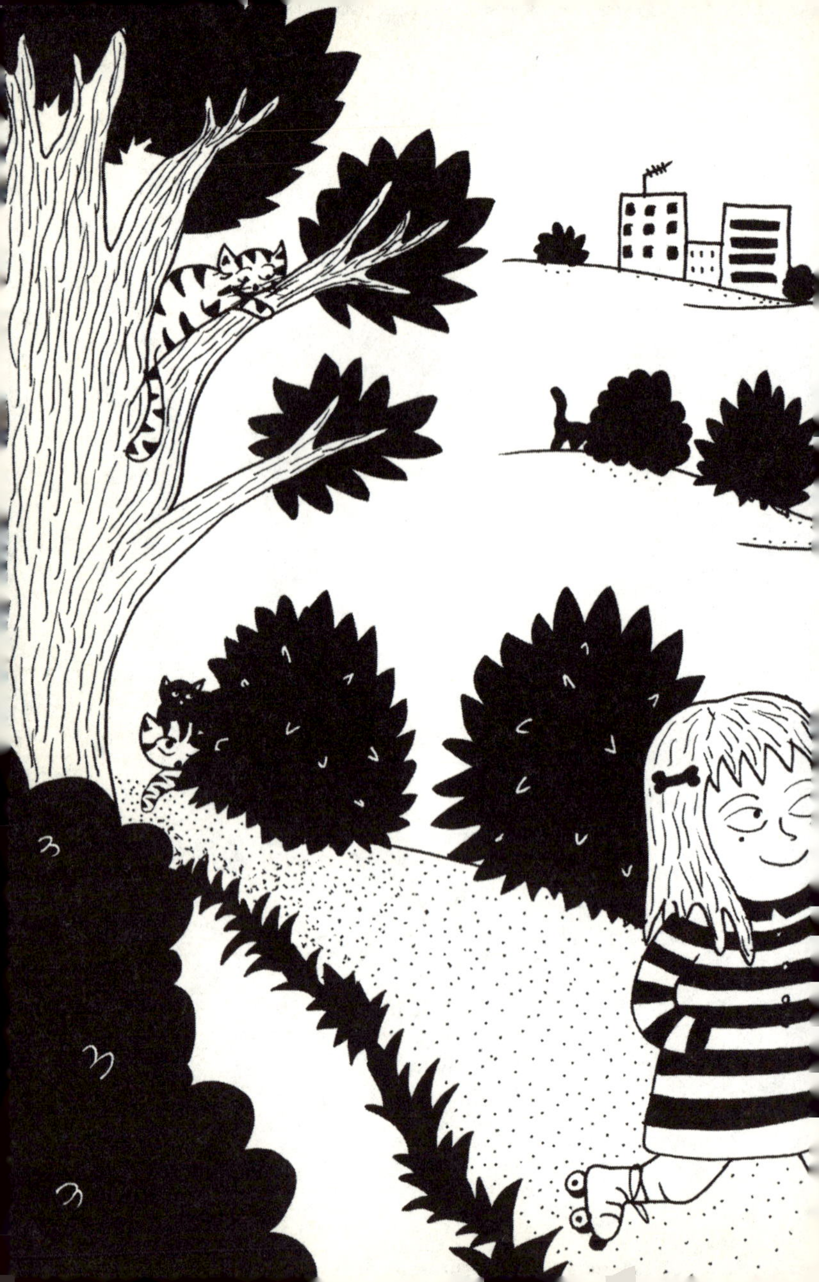

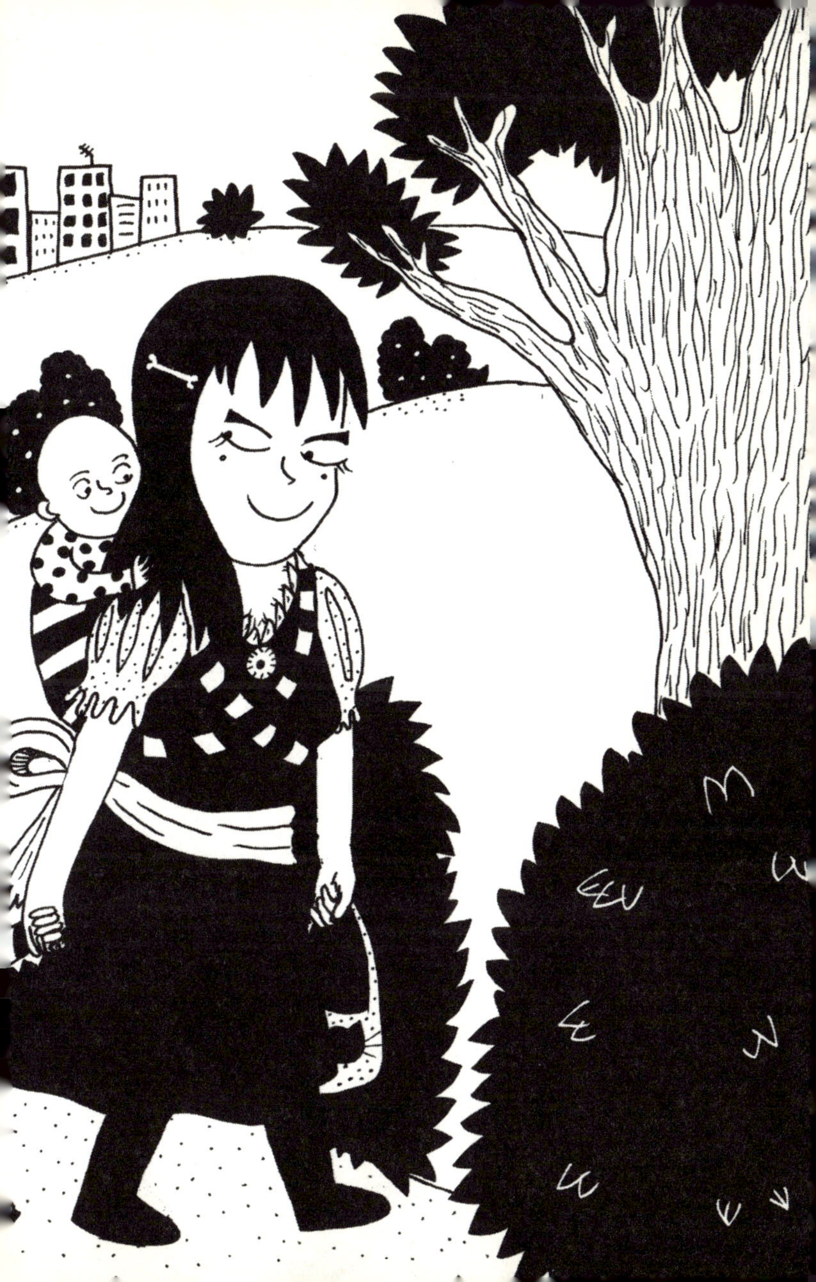

Élise Fontenaille

Quand j'étais enfant, mes seuls amis c'étaient mes livres et surtout mes trois chats. Hélas, ma petite sœur était allergique, un soir elle a eu une crise d'asthme... Quelques jours plus tard, je suis rentrée de l'école, mes parents m'ont accueillie en me disant : « On a fait tuer les chats. »

Bien plus tard, j'ai rencontré Ève, qui vit avec sept chats, je lui ai parlé de la fin tragique des miens, elle s'est écriée : « Je les aurais pris chez moi tes chats ! Sept ou dix, c'est pareil ! »

Juste après, j'ai écrit *La reine des chats*.

Depuis, mes fils ont ramassé un chaton dans la rue, ils l'ont appelé Mao : ça veut dire chat en chinois. On passe de sacrés bons moments, Mao, mes fils et moi.

Céline Le Gouail

Je rigole souvent
des enfants,
des chatons,
des poneys
et des dauphins, les trouvant
« trop mignons ! » Et pourtant je me suis bien fait avoir… Depuis peu, une petite chatte espiègle s'est installée à la maison et ce, pour mon plus grand plaisir !

Avec Rustine on lit, on grave, on joue avec des bouchons et on écoute *The Cure*.

Parfois, on se déguise même en Siouxie Sioux pour sortir faire la fête avec son copain Pipi ! Alors je suis peut-être loin de l'univers de Mina mais pas si éloignée de celui d'Ève…

Déjà parus dans la collection **zigZag**

Adieu ! signé Nils, Patrice THOMASSE, ill. Maud LENGLET

À mes amourEs, Claudine GALEA, ill. THISOU

Arrête ton cinéma !, Guillaume GUÉRAUD, ill. Henri MEUNIER

Ça tourne pas rond, Alex COUSSEAU, ill. Séverin MILLET

Déguisés en rien, Alex COUSSEAU, ill. Nathalie CHOUX

Des cerises plein les poches, Alex COUSSEAU, ill. Mariona CABASSA

Des jours blancs, Sylvie DESHORS, ill. Natacha SICAUD

E comme émotion, Estelle LÉPINE, ill. Maud CRESSELY

Fil d'or et bottes blanches, Irène COHEN-JANCA, ill. Candice HAYAT

Gros dodo, Hélène VIGNAL, ill. Claire FRANEK

Jean-Débile Monchon, Vincent CUVELLIER, ill. Aurélie GRAND

Je sens pas bon, Emmanuel ARNAUD, ill. Princesse CAMCAM

Je veux un vieux Noël, Irène COHEN-JANCA, ill. Caroline DALL'AVA

Koi, Frank SECKA, ill. Julie MERCIER

La chauffeuse de bus, Vincent CUVELLIER, ill. Candice HAYAT

L'ami l'iguane, Alex COUSSEAU, ill. Anne-Lise BOUTIN

La ferme hallucinante, Frank SECKA, ill. Claire FRANEK

La mine à bonbecs, Irène COHEN-JANCA, ill. Laurent MOREAU

La nuit de mes 9 ans, Vincent CUVELLIER, ill. Charlotte LÉGAUT

Le grand concours, Hélène VIGNAL, ill. Laëtitia LE SAUX

Le métier de papa, Rachel CORENBLIT, ill. NIKOL

L'envol du hérisson, Agnès DE LESTRADE, ill. Charlotte DES LIGNERIS

Les rois du monde, Hélène VIGNAL, ill. Éva OFFRÉDO

Lili la bagarre, Rachel CORENBLIT, ill. Julia WAUTERS

Marabout d'ficelle, Sébastien JOANNIEZ, ill. Régis LEJONC

Ma tante est épatante, Gladys MARCIANO, ill. Thomas GOSSELIN

Même les nuages, je sais pas d'où ils viennent, Sébastien JOANNIEZ, ill. Séverine ASSOUS

Mes yeux menthe à l'eau, Agnès DE LESTRADE, ill. Violaine LEROY

Mon Père Noël, Vincent CUVELLIER, ill. CÉLESTIN

Mon cœur n'oublie jamais, Agnès DE LESTRADE, ill. Violaine MARLANGE

Née de la dernière pluie, Franck BIJOU, ill. Delphine AUBRY

Otto portrait, Karine MAZLOUMIAN, ill. Thierry MURAT

Petit samouraï, Sylvie DESHORS, ill. Magali BARDOS

Pourquoi tu cours, Karin SERRRES, ill. Anne-Charlotte GAUTIER

Prune et Rigoberto, Alex COUSSEAU, ill. Natacha SICAUD

P'tit mec, Frédérique NIOBEY, ill. Isabelle VANDENABEELE

Sidonie Quenouille, Annelise HEURTIER, ill. Aurore PETIT

Sorcières en colère, Hélène VIGNAL, ill. Diego FERMIN

Tout le monde s'embrasse sauf moi, Alex COUSSEAU, ill. Nathalie CHOUX

Tu parles, Charles!, Vincent CUVELLIER, ill. Charles DUTERTRE

Vive la mariée!, Vincent CUVELLIER, ill. Cathreine CHARDONNAY